LOS RENOS REBELDES DE NAVIDAD

EDICIÓN 20 ANIVERSARIO

escrito e ilustrado por

Jan Brett

traducido por

Teresa Mlawer

PUFFIN BOOKS

A Natalie y Stephanie Larsen

PUFFIN BOOKS
An imprint of Penguin Random House LLC
375 Hudson Street
New York, New York 10014

First published in the United States of America by G. P. Putnam's Sons, 1990
Published by Puffin Books, an imprint of Penguin Random House LLC, 2016

THE LIBRARY OF CONGRESS HAS CATALOGED THE G. P. PUTNAM'S SONS EDITION AS FOLLOWS:
Brett, Jan.
The wild Christmas reindeer / written and illustrated by Jan Brett.
p. cm.
Summary: After a few false starts, Teeka discovers the best way to get Santa's reindeer ready for Christmas Eve.
[1. Reindeer—Fiction. 2. Christmas—Fiction.] I. Title.
PZ7.B7559Wi 1990
[E]—dc20   89-36095
CIP AC
ISBN 978-0-698-11652-8 (hardcover)

Puffin Books ISBN 978-0-425-28752-1

Manufactured in China

1 3 5 7 9 10 8 6 4 2

La idea para *The Wild Christmas Reindeer* nació pensando en el Polo Norte. Yo nunca había estado allí, pero me puse a pensar y, de repente, me vi en medio de un vasto paisaje cubierto de nieve. Antes de que pudiera reaccionar, vi desfilar ante mí ocho renos, uno detrás de otro, dejando sus huellas en la nieve.

Pero ¿adónde iban? ¿Serían acaso los renos de Santa Claus? Entonces, comencé a dar rienda suelta a mi imaginación: ¿y si Santa Claus le pidiera a un duende que preparara a los renos para emprender el viaje la víspera de Navidad? Y fue en ese preciso instante cuando supe la historia que quería contar.

Decidí en aquel momento que el duende se llamaría Teeka. En un abrir y cerrar de ojos supe exactamente cómo comenzaría el cuento: «Teeka sentía una gran emoción, pero también un poco de miedo . . .». Y es así como yo me siento a veces ante la idea de escribir una nueva historia. Pero tan pronto comencé, el personaje de Teeka cobró vida, y cada uno de los ocho renos adquirió su propia identidad.

Comprendí que, antes de ponerme a hacer los dibujos para la historia, era fundamental poder ver algunos renos, así que mi esposo Joe y yo viajamos a Maine para conocer de cerca a los caribúes, los renos que habitan en Norteamérica. Quería tocar sus pelajes, hacerles cosquillas en la barriga y observar de cerca sus pezuñas y sus astas, aunque tuve dudas sobre si nos podríamos acercar a ellos. Sin embargo, cuando la puerta del corral se abrió, dos pequeños caribúes salieron disparados hacia nosotros y casi nos tumban. Se aproximaron para inspeccionarnos con sus hocicos y después se fueron corriendo, llevándose mi gorro con pompón. El problema no fue acercarnos a ellos, sino alejarnos lo suficientemente para que Joe pudiera fotografiarlos.

Desde ese día, hace ya más de veinte años, cada Navidad pienso en Teeka, en los renos y en lo mucho que nos divertimos. Espero que tú también te diviertas con esta historia.

¡Feliz Navidad!

Jan Brett

Teeka sentía una gran emoción, pero también un poco de miedo. Este año, Santa le había pedido que preparara a los renos para emprender el viaje la víspera de Navidad. Era la primera vez que Santa le encomendaba esta misión, y ella quería que todo saliera a la perfección.

Teeka vivía en el Polo Norte, muy cerca de la villa de Santa Claus. La última bandada de gansos acababa de iniciar el vuelo hacia el sur, y la gente de la villa no dejaba de pensar en la Navidad que se aproximaba. El taller cobraba vida con el ruido de serruchos serrando, martillos martillando y brochas pintando; todos trabajaban afanosamente para que juguetes y regalos estuvieran listos para repartirlos la víspera de Navidad.

La primera tarea de Teeka era salir a buscar a los renos.
Desde la Navidad pasada vivían libres y felices en la tundra;
Teeka estaba segura de que no sería fácil convencerlos
de que regresaran a la villa para prepararse para el viaje.
Estaba claro que tendría que ser fuerte y firme.

Poco a poco fue encontrándolos a todos: Bramble y Heather,
Windswept y Lichen, Snowball, Crag, Twilight y Tundra.

Teeka respiró profundamente y, alzando la voz, dijo:
—¡Arre! ¡Arre! ¡Muévanse! ¡Muévanse!
Los renos se quedaron desconcertados al escuchar
la voz de Teeka. Levantaron las cabezas para ver quién
era esa criatura que gritaba así.

Pero finalmente se dejaron conducir por ella hasta la villa de Santa Claus. Tundra resultó ser el más difícil de todos. Teeka desconocía que él se consideraba líder de la manada y no estaba acostumbrado a recibir órdenes. Le gustaba estar junto a Twilight, pero los había separado, y Twilight iba al frente del grupo. Una vez que llegaron al establo, Teeka los colocó en diferentes cuadras. Tundra comenzó a resoplar impaciente.

A la mañana siguiente, cuando Teeka fue al establo,
encontró a todos los renos inquietos y molestos. Lichen
tenía miedo de Crag, que no dejaba de mordisquearlo.

Bramble estaba tan nerviosa que volvía loca a Heather, y Twilight no dejaba de llamar a Tundra, que mostraba su enojo pateando con fuerza el suelo.

Teeka acicaló a cada uno de los renos. Quería que su pelaje estuviera brilloso y su aspecto resplandeciente cuando se presentaran ante Santa Claus. Uno a uno los cepilló una y otra vez hasta desenredar sus crines. Lo hizo con tanto vigor y durante tanto tiempo que las orejas de los renos comenzaron a ponerse de color rosado.

Teeka condujo a los renos fuera del establo. Estaba lista
para comenzar el entrenamiento. Copos de nieve flotaban
en el aire mientras ella trataba, en vano, de que formaran
dos filas para poder ponerles los arreos. Decidió colocar a Tundra
al final de una de ellas, junto a Heather, en lugar de ponerlo
al frente, junto a Twilight. Enfurecido, Tundra le dio una patada
a Heather, que salió corriendo y tropezó con Bramble.

Teeka los reprendió:

—¡Quietos! —gritó.

Pero todos se echaron a correr despavoridos, y tuvo que salir a buscarlos y traerlos de vuelta.

Al día siguiente, Teeka les puso los arreos dentro del establo
antes de sacarlos. Todo parecía ir de maravilla hasta que,
una vez ya en fila, trató de guiarlos, primero, a la izquierda y,
luego, a la derecha. Para que el trineo pudiera levantar el vuelo,
todos tendrían que tirar de él con cuidado y a la vez. Pero no era
fácil lograrlo.

Tundra chocó con Heather y Snowball gruñó a Bramble.
Windswept tumbó a Twilight. Y las astas de Lichen
se enredaron con las de Crag.

—¡Basta ya! —gritó Teeka mirando desconcertada a los renos
pateando al aire—. ¡Sepárense! —gritó nuevamente mientras
los renos trataban desesperadamente de liberar sus astas.

Lichen y Crag cayeron rodando por la nieve. Cuanto más
trataban de desengancharse, más se enredaban sus astas.
Los renos estaban enloquecidos y Teeka, con tanto grito,
empeoraba la situación.

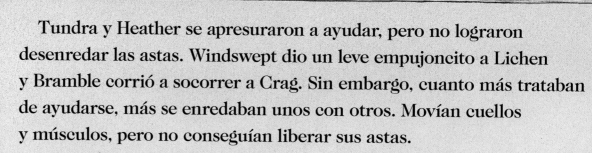

Tundra y Heather se apresuraron a ayudar, pero no lograron desenredar las astas. Windswept dio un leve empujoncito a Lichen y Bramble corrió a socorrer a Crag. Sin embargo, cuanto más trataban de ayudarse, más se enredaban unos con otros. Movían cuellos y músculos, pero no conseguían liberar sus astas.

—¡Por favor! ¡Ya casi es víspera de Navidad! —se lamentaba Teeka. Pero los renos no podían moverse.

Un silencio helado se apoderó del aire.

Die 18

Teeka observó a los renos, antes tan valientes y libres, y se echó a llorar.

—Es mi culpa —dijo ella—. En lugar de ayudarlos, no he dejado de gritarles y darles órdenes. Lo siento de veras.

Y uno por uno los fue acariciando.

—Mañana lo haremos de diferente manera. No habrá gritos, ni regaños, ni órdenes. Lo prometo. Pero ahora déjenme que los ayude a salir de este enredo.

Los renos aguzaron sus orejas al escuchar este nuevo tono de voz. Los ojos de Heather se avivaron. Crag mostró una sonrisa de reno. Bramble rio nerviosamente y Snowball suspiró. Tundra se echó a reír y Twilight sonrió. Cuanto más reían, más movían sus cabezas y las astas chocaban unas con otras.

Y antes de que Teeka pudiera reaccionar, se escuchó un
zis, zas, zis, zas, y las astas finalmente quedaron libres.

Con cuidado Teeka llevó a los renos al establo. Lustró
sus pelajes, limpió sus orejas y cepilló sus crines. Tundra
se acercó a Teeka y le acarició la cara con el hocico.

Al día siguiente, los renos, con Twilight y Tundra
al frente, se colocaron en dos filas listos para que les
pusieran los arreos. Practicaron moviéndose, primero,
a la izquierda y, luego, a la derecha. Teeka los guiaba
con delicadeza. Tundra alentaba a Twilight, y Bramble
se mostraba amable con Lichen. Windswept ayudaba
a Heather, y Snowball se acercaba cariñosamente a Crag.
Juntos practicaron mucho y durante un largo tiempo.

Comenzó a caer la tarde sin darse cuenta, y casi ni oyeron un tintineo en la distancia. Era Santa con su trineo repleto de regalos y listo para partir.

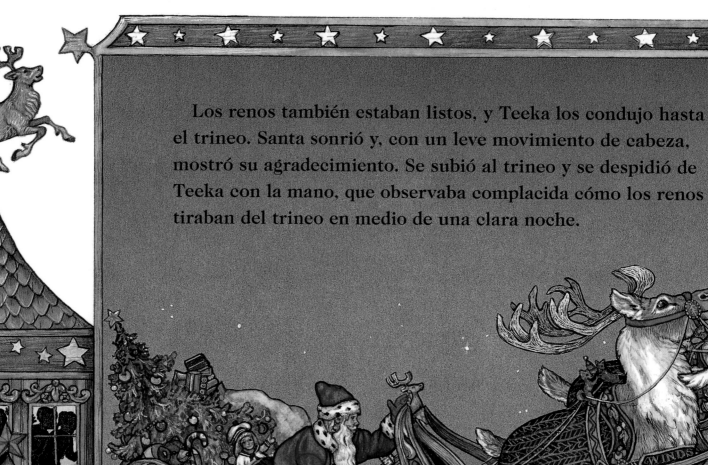

Los renos también estaban listos, y Teeka los condujo hasta el trineo. Santa sonrió y, con un leve movimiento de cabeza, mostró su agradecimiento. Se subió al trineo y se despidió de Teeka con la mano, que observaba complacida cómo los renos tiraban del trineo en medio de una clara noche.

Feliz Navidad